如果疼痛可以开花

RUGUO TENGTONG KEYI KAIHUA

计虹 著

黄河出版传媒集团
阳光出版社

图书在版编目（CIP）数据

如果疼痛可以开花 / 计虹著. -- 银川：阳光出版社,
2021.5
ISBN 978-7-5525-5922-4

Ⅰ. ①如… Ⅱ. ①计… Ⅲ. ①诗集 – 中国 – 当代
Ⅳ. ①I227

中国版本图书馆CIP数据核字(2021)第109932号

如果疼痛可以开花　　计虹　著

责任编辑　谢　瑞　丁丽萍
封面设计　谢小瑞
责任印制　岳建宁

黄河出版传媒集团
阳光出版社　出版发行

出 版 人　薛文斌
地　　址　宁夏银川市北京东路139号出版大厦（750001）
网　　址　http：//www.ygchbs.com
网上书店　http：//shop129132959.taobao.com
电子信箱　yangguangchubanshe@163.com
邮购电话　0951–5047283
经　　销　全国新华书店
印刷装订　宁夏凤鸣彩印广告有限公司
印刷委托书号　（宁）0020899

开　　本　880 mm × 1230 mm　1/32
印　　张　8.375
字　　数　150千字
版　　次　2021年5月第1版
印　　次　2021年10月第1次印刷
书　　号　ISBN 978-7-5525-5922-4
定　　价　36.00元

情感的原色与生命的沉思

人间的疼痛说来就来，开花堪称定局。城市是一个神秘而又充满诱因的地方，它如同一张流网，死命牵拽着许多没有名字的人扑入其中。那些仰攀者，抑或沉沦者，尽管触及的只是无生命的石室和墓穴，但依旧行色匆匆地赶路。这一现实是深刻的，揭示了人生旅途中由于某种追求和无望的徒劳所导致的荒谬性和悲剧性，揭示了世人对赶路的沉重思考。诗歌应该能够抒写一代人的痛苦、悲哀、挣扎和欲求，应该能够浸润地被人生诞毓而且浸润地诞毓人生。

《如果疼痛可以开花》所流露的情绪是真实而诚恳的，充溢着一种倦于戏剧性冲动之后的木然状态与感伤情绪，作者已无心囿于欲望的牢笼和莫大的疼痛，不能怪谁曾经或往后在前面招引。计虹的这类诗作无疑是深刻的，形象地揭示了她和她的同龄人所遇到的困惑和沉重的思考与选择过程，以及面临挫折而绝不回转的毅力和勇气。它们揭开了庸常生活软弱虚伪的面纱，真实地宣叙了生命存在的某种形态和人性的深度，立体展露了人生的某个转角中的真实情境；它们透过寂寥、悲郁、沉着和哀婉的调子，展露了一个现代青年诗人对现实生活，对人与自然的冲突和对立，对人生命运方向的深刻、切实和富有哲智的思考轨迹。

《如果疼痛可以开花》所显示出的精神与品质是独具特色、独具审美趣味的。语言纯正而无雕饰之感，几近心无二用式的呢喃，带着生命与感情的原色，吐露着欣悦、严峻、悲郁、独处之真情。这种品质体现、浸润在许多诗作中，给人以新鲜、沉着的艺术感染力。我曾希冀的某种艺术品质油然而现，这让我们看到，当一代又一代、一批又一批衣衫褴褛的人们向神圣而充盈着爱心与柔情的缪斯女神切近时，过去那种新汤老药内骨依旧的艺术形态便被无声地打破，并使他们有可能寻求到从艺术的本质精神上塑造人生，高扬人性与人的自由本质的突破点，诗艺的多向发展亦会成为无可非议的现实。

一切诗歌的艺术，无疑是一种语言的艺术。诗歌作为语言艺术，自然有一整套相应的语言艺术规则。诗人应用这套规则时，一旦达到得心应手的程度，那就是达到了真正成熟的境界。自然、简明、清淡是诗歌语言艺术的根本特性，计虹无疑清醒地意识到了这一点，正朝着追求浑然天成的语言风格和美学境界迈进。她的诗作轻灵、自然，音乐节奏的自然跃动与个人心灵的敞亮融为一体，没有用一点过分的渲染，却流淌着一种潜在的感染力。现实生活的图景经由诗人饱满的处理，一切质素都坚硬起来，给人以激越的震颤和鼓动。因而，无论如何，在人的文学的导引与烛照下，从多角度、多层面上展示时代的旋律，歌唱人类昂奋赤诚的爱心与健康硬朗的人性深度，都是诗人天荒地老般的重要使命。从整体的创作趋向来看，计虹已经以自己的创作实践及其结果进行着由单一玩弄语言机制到抒发人生的深厚内涵，由无病呻吟的感伤情调的排解到真情实感的有机展示，由诗艺的单一逻辑向性到多维的逻辑向性，由诗歌艺术功能的有限取向到无限丰厚性、可塑性等诸多方面的探讨与转换。这种努力，与企图使诗人的创作领域和表现手段发生了极大的变革，呈示出诗人摆脱了那种匆忙、紧张的试验与跃动之后的某些真实状态。

《如果疼痛可以开花》没有什么过多的新式的艺术表现手法。它只以强烈的反差，理想与现实的矛盾，以及小巧沉静的构思，界定着一群黄皮肤黑头发不屈的灵魂：年少轻狂 / 不识愁滋味 / 忽至中年 / 座座大山压在肩头 / 也曾为情所困 / 也曾为梦执剑走天涯 / 遇到一个人 / 倾尽所有 / 许下的承诺 / 用鲜活的生命兑现，诗人将他们置于两种不同质的对立与矛盾中，一方面是凝固的爱意，深情的乡魂和爱情流行的季节；另一方面是冷寂的岁月，雷轰电击的伤痕和天荒地老的怀念，这种境界的对立造成强烈的心理视觉反差，构成艺术境界的内在对立，它们启开了读者与诗人之间的现实对立与艺术对立的本质性沟通和认同。这种良好的艺术感觉力与洞察力充盈了《如果疼痛可以开花》，决定了它的朴拙价值及运思方向。

诗人只能自己塑造、自己设计，而绝不会从天而降。因此，我们绝不能像等待永不归来的戈多那样，无谓地等待。调整自己，强化自己，提升自己，这对计虹，也是十分必要的。写到这里，突然记起计虹在《我的陕北我的疼》中所吟咏的：如果疼痛可以开花 / 就让它开成一朵 / 罂粟花。早年读过的著名诗人阿垅的《无题》中“要开作一枝白色花，因为我要这样宣告，我们无罪，然后我们凋谢”不禁突生心底。

而我想要说的是，“罂粟花”抑或“白色花”的任何一绺隐喻，对于计虹来说，都不是恰如其分的。我知道，《如果疼痛可以开花》对现代青年认识人生、命运，无疑具有某种启示而非挑诱作用。我知道，计虹是我没有教授过的一个学生。她的内心纯净如初，她没有原罪。如果疼痛可以开花，就开七色花。

是为序。

导夫

2021 年 8 月于天问楼

目 录

等 待

你的城大雪已至
满眼白金
我的城依旧蓝天白云
阳光却没那么热烈
据说
明天雪朋友要来这里玩

我有点着急
雪朋友迟迟不来
他来了
我们即使远隔千里
城的颜色是一样的
这样
我就能觉得你在我身边
我就会开心

在等待的日子里

我不仅等雪

还等你

与自己死磕到底

十点的时候

你就开始酝酿睡眠

哪本书枯燥乏味就看哪本

没等来瞌睡

你等来了新任务

稿子编好发出去的时候

你看看表

十二点过点儿

瞌睡还没来的时候

头疼来了

想起昨晚的疼

你有了一种与自己死磕到底的悲壮

最后

你吃了两粒止痛药

妥协

腰的不舒服头的隐隐作痛
你辗转反侧
又是两个小时过去

除了和自己死磕到底
你没办法
去打扰
别人和世界

你在自己的世界
死磕到底

十一年

分开的十一年
我见过你三面
没有说过一句话

十一年后的今天
你猝不及防出现在我面前
我等在电梯外
你从电梯出来

你
面无表情
甚或有一丝愠怒
我
强压住狂跳的心
但没压住灼灼的目光
送你离开

我还是喜欢你

笑的样子

曾经

温暖了我整个世界的笑容

灿烂如阳

我想

要是下一次

我还能与你相遇

我一定要紧紧拥抱你

对你说一句

好久不见

我想给你的

如果阳光可以搜集
我愿把它们包起来
全部邮寄给你
温暖你
整个冬天

我想给你的
也许不是最好的
但一定是我的全部

我的陕北我的疼

挂了电话
知道你已与我永诀

我十一岁离开
到今年
整三十年
我们见了三回
到最后一刻
你也再没有打扰我

你是我流着鼻涕
黑脸黑爪
漫山遍野跟着疯跑的伴

我总是端着饭碗
趴在院墙上和你换碗里的菜
你把肉片挑给我

说我学习比你好
费脑子

后来
没有任何准备的
奶奶问我
去西面子上学愿意吗
我以为我仅仅是去上学
不想一别就是一世

我来了西面子
开始一点点适应城市生活，首先是被同化消失的乡音……
你留在陕北
中途辍学，打工，早嫁，家庭生活鸡飞狗跳……

爷爷奶奶还在的时候
他们给我零碎讲起你的事
我心里不好受
想挣了工资有了钱好好领你转转西面子
车有了房有了

工资稳定了

你没了

或许在我的生命里

你

还有我的陕北

早就没了

如果疼痛可以开花

就让它开成一朵

罂粟花

找自己

聊天记录看了一遍又一遍
相册翻了又翻
听你唱给我的歌
我在每一个细节里
找自己

我不停地找
却怎么也找不到自己
我怎么一点也不恐慌
我把自己搞丢了

在与你相遇后
这弥足珍贵的日子里
我早已没有了自己
那么珍贵的你
只要你好着
我就在笑着

等萤火虫的男孩

夜
河的半坡上
还是那个男孩

到处黑黢黢的
只有男孩的眼睛
亮晶晶

来了
来了
男孩激动地滚下坡

河的那头
一闪一闪
飘飘洒洒而来的
尾部点着信号灯的萤火虫

男孩一直记得

父亲离开的那天

天上的飞机也有着这样的灯

山坡上

等萤火虫的男孩

其实

有一个飞行的梦

半杯茶

我坐在沙发上
想喝口水
茶几上
有半杯茶

我以为自己喝多了
端起茶杯的瞬间
脑子里闪过一道记忆

早晨出门的时候
杯子里是满满一杯茶
喝了烫嘴
我才放下

我看着
半杯茶
想知道谁来过

我第一个想到的是你

可我明白

怎么也不可能是你

因为

你在我的心里

在我的生命里

以及

那些我想你的时光里

唯独

不在我的半杯茶里

见花如面

每一天

你都在给我惊喜

每一刻

你的粉红

都在将我的生命着色

我怀念的

我想念的

我执着的

是你

更是你时时给我的

温暖

那涂满了灰色冬天的一身粉红

放在我的心底

绽放一生

那个教我剪头发的女孩去哪了

头发长了
也不是很长
就是长乱了
没型了

邋里邋遢了几天
懒得去理发
发型很显年龄
这几天
我就和实际年龄看着差不远
可憎的老态

“我去理发了

你去剪头发啊
都一样啊
理发哪有剪头发温柔嘛

你好好剪头发啊

老人家”

头发长了好久了

那个教我剪头发的女孩去哪了

铁骨岁月

那些旧时光
和岁月
用它的记忆
珍藏了琥珀的爱

断桥残雪
阅海湖边灯火雍容
冬月冷星
星巴克的咖啡华贵迷人

拿铁的温厚
把你带回另一段时光

走在冷风中
你紧了紧
一身铁骨

时间的打磨　流逝
年轻时候的傲气凌人
烟消云散

可
放不下的
还是这铮铮铁骨
和凌云之志

放你入海

牵着你

走了春风十里

没遇见你想要的海

可我在你望着远方的双眸里

看见了一片海

你拉着我

东西南北城地绕

我坐在真皮座椅上

算一算

我的年薪

买不来你背的那个包

“宝贝　我回去了　勿念”

发了这条信息

我把手机扔进了面前的

这片汪洋

我把我对你的爱

和想念

全部存在了你最爱的海水里

海枯的那天

我就忘了你

不再想你

太阳花

我的想念
藏在你的歌声里
藏在那些照片上
藏在我能想到的每一个角落

藏着我的想念的
那些存在
成了我最不敢碰触的
我怕
一碰就碎了一地
被你听见
我的想念就没了栖身之地

余生只能
流浪
带着我的思念
四处游荡

或许

有那么一天

你能听见一个傻瓜

天天对你说晚安

你就能明白

爱有时候是隐忍

是沉默

是不打扰

是那株寂寞浇灌出来的

太阳花

我想当指挥家

泰戈尔说
世界上最遥远的距离
不是生与死
而是我站在你面前
你却不知道我爱你

老人家说
世界上离你最近的
是你的邻居
你看
孟母三迁
就为了有个好邻居
好邻居
应该是老天给你的奖赏

我家的楼上在弹钢琴
楼下在练歌

我在中间码字

琴声响起

歌神乍现的时候

我就好想去厨房找双筷子

披个斗篷

挥起来

最近的理想是

当个指挥家

永远有多远

林深处

雾起

拨开云雾

不见山

但闻流水潺潺

高山流水觅知音

远在天边近在眼前

亏 欠

从艳阳天到冷冬日
怕你热怕你冷
风里雨里
牵挂你

自从有了你
我的心就是一居室
满满的爱
全是你

如果说遇见一个人
要花光所有的运气
那么花光所有运气遇见的你
我同时用尽所有对你好
心疼你

你来也好

你去也罢

我的字典里

再没有亏欠二字

余生想起我

愿你也无遗憾

青 春

叶青绿时盼着金黄
冬晨凛凛
盼正午阳光

黄土操场上尘土飞扬
白色两道杠翻领蓝色运动服
扎着马尾的姑娘
红着脸蛋

操着方言的老师
写了一黑板解二次方程立体几何
粉笔灰让他染了洋气的姥姥灰
听说老师要调走了
一张纸条传了一圈飘到了讲桌上

黄土操场有了塑胶跑道
李宁安踏永远洁白

扎马尾的女孩剪了短发

推平头的男孩扎起了小辫子

晚上去看电影

我想你

看着这张纸条

你哭笑不得

同事说

孩儿们长大了

咱们老了……

不请自来的岁月

让青春

不告而别

典农河畔

夜深了

典农河畔的灯亮了

漂亮的灯带

诉说着世间的繁华

透过落地窗

目之所及

有灯火的美好与温暖

有黑夜的阴沉与冷冽

典农河畔

高楼上

有一扇窗

灯亮了一夜

典农河畔

有一个人

为一个傻傻的问题

想了一夜又一夜

典农河畔

有风景

也有悲伤

冬日里的等待

冬日
太阳上班得有些晚
就是开工了
也是凉飕飕的
床的另一半也是冰凉的

冬日
正午，你等来了暖阳
躺在阳光的怀抱里
你懒洋洋的成了一条狗
一条把整个床霸占的癞皮狗

冬日
太阳下班得有些早
到处黑乎乎的裹着风声
你匆匆的脚步向家而去

一进门

你赶紧开了灯

这个时候

你才真正走进冬日里的等待

站在冬日的门里

电视里突然乌拉一声

春天来了

开着灯睡觉的人

夜深
你，开着灯睡觉
大家都让你早点休息
你一一应承

没有人
看见
你，开着灯睡觉

你，只是
一直在等
那个你以为最懂你的人

你的灯
就这样
亮了一夜

请柬

你说你把我请进了你的生命
可我没有收到你发来的请柬
是不是你寄错了地址

他把你请进了他的命运之门
我却在家门口的信箱
收到了一张请柬

打开请柬
空空荡荡

知 己

我从不惧怕孤独

相反

孤独给了我更大的自由

我从不排斥寂寞

相反

寂寞让我更懂得珍惜

我们的相遇

简单的美好幸福的自然

你不是我

我不是你

那份植入骨血的亲密

让我感觉你是另一个世界的我

想独立的少年

仿佛昨天还在怀里

今天就长成少年

会玩微信的姥姥

看了一则新闻

一个孩子一直和妈妈睡

长大结婚了也不愿和媳妇睡

我说那是胡说呢

听闲话的少年认真了

姥姥，晚上我要自己睡

全家捧腹

晚上

姥姥，我不要新被子

不舒服吗

不是

新被子没有爷爷的味道

母亲的咸菜

红萝卜 青萝卜 白萝卜
花红柳绿的一小罐
小区里又来了一车大白菜
翠得心疼白得心疼
母亲忍不住又压了一缸
父亲看着母亲腰酸背疼
背着手边转悠边叨叨

餐桌上
除了母亲的臊子面
多了一碟咸的一盘酸的
孙子多下了一碗面
父亲抚着肚皮说
回去的时候给娃娃带些

牵 挂

山南去往山北
只有一条路
你从南来往北去
她从北来往南去

一棵老槐树
不知在那站了多少岁月
脸上的皮皱裂皱曲
子孙开枝散叶
盘活了一个凉亭

亭子里一个白胡子老爷爷
摆了个茶摊
不收钱
过路的都愿意停下来歇歇脚

老爷爷向每一个人

打听一个姑娘

从黑发到白了胡子

和她的一次萍水相逢

换了他一生亘远绵长的牵挂

不知是他的宿命

还是她的情缘

默

墙上两张地图

中国和世界

红点是山蓝点是海黄点是沙漠

点点都是你的远方

夜深你就写诗

诗带你去你想去的远方

见想见的人

写诗也没人教你

你听不见声说不出话

能和你交流的人太少太少

写完一首诗

你就一笔一画地写下一个

默

你给自己取名

默

兄弟一辈子

趴在楼道栏杆上
我们等着默默喜欢的人在校门口出现
仿佛
看一眼
这一辈子都很美

课桌上
堆得山一样的复习资料
我们默默地写啊算啊
偶尔
想一下喜欢的人

苦读十载
终于等到大学录取通知书
我们都没辜负自己
和青春

那个默默喜欢的人

依旧放在心里

任岁月沧桑

时光之刃霍霍

那时候

你说

兄弟一辈子

我却忘了问你

是这辈子还是下辈子

今夜，我与灵魂有约

年少轻狂

不识愁滋味

忽至中年

座座大山压在肩头

也曾为情所困

也曾为梦执剑走天涯

遇到一个人

倾尽所有

许下的承诺

用鲜活的生命兑现

今夜

我不想对错是非

我想与你大醉一场

今夜

我再无法接通你的电话

今夜

我与灵魂有约

青春忽而逝，人生忽而至

斑白的鬓角
上浮的发际线
一天天渐长的腰围
遮不住眉宇间年少时的英气

不再愤世嫉俗
对什么都说可以可以
提起儿女
有了晚年抱孙的慈祥与可爱

放下许多
也担负起更多
任凭浪高风雨急
我自闲庭忙家务

躺在床上
腰酸背疼得只剩一口气时

惊觉

青春忽而逝，人生忽而至

因为你，人间值得

跋山涉水

回不去那些老时光

屋檐下的红辣椒

门街前的黄土路

留不住

躁动的你

养了一窝小鸡

大雪封山

家里屋外一片冰凉

小鸡捂在怀里

就剩了一只

雪消了

天天站在路口望

小鸡围在脚边找虫子

雨季说来就来

天天暴雨

小鸡成了小鸭子

游来游去

邮差送信来的时候

信在路上走了小半年

信里夹着一张照片

你鼓鼓囊囊的像个熊孩子

天黑了

你写了回信：

你走后，又来了一个代课老师

孩子们很快乐很想你

信皮的封口

你用铅笔轻轻写下：

因为你，人间值得

收到信的时候

又到冬天了

跑步机上哭泣的女孩

健身房的角落

那盏灯今天也烧了

那里成了整个明亮的房间的一片阴影

阴影里有一个跑步机

女孩像往常一样

先是慢跑后快跑

越跑越快的时候手机响了

一遍又一遍

很执着

绅士般的耐心

女孩脸红红的有微汗

拿了手机

女孩去了角落的跑步机

阴影里的她

蜷缩在跑步机上

抽泣

明亮里的跑步机
人人在跑步
没人去打扰她
哭累了女孩自然会回家
天亮以后
不打扰
不纠缠
一别两宽
各生欢喜

我想慢慢喜欢你

我不想一见钟情
我想慢慢喜欢你

这样
就能陪你做那么多欢喜的事
去很多的城看风景
去有香味的地方吃你爱的
手拉手头碰着头窃窃私语着
看我们喜欢的电影

给你买漂亮的裙子
哪怕走遍天下的商店
不想走路
就陪着你逛网店
有车的日子
我就拉着你到处跑
随你心情

我就想慢慢喜欢你

然后让你明白

我对你的一见钟情

是韵事还是孕事

怎么的

二十年就没了

迷离的眼神没有迷茫

只有不解

如同 1+1 ＝ 2

成了千古之谜

马校长

不是真的马校长

就像罗子不是真的骡子

说自己没有风流

只有韵事

那是韵事还是孕事呢

二十年后再谈事

你我他最好都无事一身轻

去想去的远方

手拉手喝一杯烈酒

狠狠地想一把那些年爱过的人

眼前的苟且

在心中无限成永恒

失眠的本意

想睡

睡不着

一路花香一路柔

窗外飘着雪
我在想你

漫山花香鸟语
我在想你

细雨绵绵无尽时
我在想你

我在想你
也在等你

因为是你
所以值得

一路上有你
一路花香一路柔

谎言也是爱

电视里一个男人为了活命

选择假死

除了他的敌人和儿子

其他人都知道这是一出戏

棺材抬走的时候

儿子大哭一声喊

爸爸

所有人也都入了戏

一起哭

看着男人吞药的时候

想起了你

你要是也吃了这种药多好

所有人都知道你走了

只有孩子以为你出了远门

谁晓得这个谎言能支撑多久

但没人愿意捅破它

世界上

说真话是爱

谎言也是因为爱

我想抱一下你

就要启程
远行
行李箱
放在墙角
有点委屈的样子

我想抱一下你
就一次
也想一生

我想抱一下你
我怕
以后的以后
别人提起你的名字
我说不认识

你的好

你的好

甜美得像一首《让我轻轻的告诉你》

温柔了一段时光

度了我的余生

你的好

说不出来怎么好

就是觉得好

想起来就会傻笑

你的好

我都记在心里

点点滴滴

温润如玉般滋养我心

你的好

再好

也不及我对你的好和

在乎

那句说不出口的想你

深夜
辗转反侧
数了又数的绵羊
等不来睡眠

早该睡觉了
偏偏左思右想
熬废了脑袋

有个事一直搁在心上
那句说不出口的想你
是我的心里话
是我一直的等待

习 惯

时光渐渐涌来又渐渐消失
习惯城市早晨的车水马龙
也习惯了深夜的孤灯吊影

习惯了母亲熬的热粥蒸的馒头
也习惯了城市街头小摊上的油条豆浆

习惯了两个人在一起时的耳鬓厮磨
也习惯了一个人的清欢浅在

习惯了亲人朋友爱人围绕熙攘
也习惯了他们的渐行渐远以及消逝在人海
茫茫的天地间

习惯了生的欢悦
也习惯了死的沉重

什么都习惯的时候

也是你能成熟的与时间与世界对接的时刻

不要期待

要习惯等待

享受随缘自在的日子

就好

江湖风云录

无刀无剑
风雨燕归来
江湖一梦
醒来不见心中人

风云再起
暗涌一波未平一波起
谁在我的心里信马由缰
你再骄纵
我也舍不得离开

我的江湖
还不是你的游乐场
任你恣意妄为
骑上旋转木马
我成了你的小孩子

江湖未尽

剩我独行

他日

风云再起

你我刀光剑影话离肠

在谁的在乎里沉沦

策马而来的少年
装点了一个梦
崖畔的女子
烙印了一个时代

你是谁的在乎
谁又是你的在乎

生命的呼唤
冲破云峰峭壁
谁在千百年的锤炼中苏醒
谁又在谁的在乎里沉沦

你是谁
谁以为你是谁
你又以为你是谁

谁的在乎

是你的沉沦

无 题

总想追逐永恒
流逝的只有时光

攀峰越海
归于山林
归入大海

不念过往
不惧将来

毕竟
来日可期
人间值得

晚安
世界

十二月的歌

十二月的歌
来自一把悲伤的吉他
他弹不出快乐

十二月的歌
还是那首《喜欢你》
我们曾经唱给梦想
那未曾实现的
在路上夭折了的翅膀

十二月的歌
这一生最后的一首歌
《朋友》
让我唱给你们听

然后，我会忘记你们
你们也忘记我——

如果你正享受幸福

请你忘记我

冬 眠

周末蛰居陋室
仿佛开启了冬眠模式
新换的床单
有阳光的味道

看了半日书
听了半日歌
日头就渐渐西斜
散出凉凉的光

明天又是新的一天
期待好事发生
毕竟
人间值得
来日可期

一笑而过的是悲伤

单薄的身影
在寒夜里被月光拉长
四下无人
轻轻地啜泣

天亮前离开
行囊高高耸立
再多不舍难过痛苦
你化作嫣然一笑

城市里车龙如海
人潮如浪
夜来笙歌
你的笑被浓妆扭曲得
有些狰狞到心酸

那些

一笑而过的

是悲伤

我最擅长的

劈柴　犁地　养鸡　喂鹅
我不会农事

读书　写字　考试　上课
我不再当年

睁眼是你　闭眼是你　事事是你
我最擅长的
就是想你

障 碍

风吹来的时候
你蒙上了面纱
雨打下的时候
你撑起了伞
你的日子
没了风吹雨淋
同时也没了风和日丽

夜深
周围黑漆漆的
大家面容安详呼吸均匀
只有你
想着睡不着睡不着
果然你失眠了

一切障碍就像爱一样
有来处也有归途
都是你自己

牵 绊

狮王在林中奔袭
山野一片狼藉
林中传来哀嚎声
狮王绝尘而去

山林深且密
麋鹿不知所在
女孩紧紧抓住麋鹿的角
顺着小溪依稀见炊烟
女孩来了一天
住在你心里一辈子

牵绊的
还是心里的那点牵挂

我不再微笑

小城无雪少阳
天色阴郁冷飕飕
围炉煮茶
无话

你走后
最冷的一天
小孩要找妈妈
我不再微笑

怀 表

一块旧怀表

在锦盒里富贵

揣在怀里随着心脏嘀嗒嘀嗒

时常熬夜

心跳开始异动

怀表走得时快时慢

时间不准

有时就耽误了你以为的紧要

手机成了闹钟

你成了陀螺

让你旋转奔突的很多

只有怀表寂然相守

躺在白色的世界

手机被没收了

打开怀表

她对着你笑靥如花

远远的爱

大雪　无雪
冷
远山多积雪
白茫茫不见山

舟楫失坠在冰面里
远远的爱
静静地妥帖在心底
泛起缕缕晨光
暖了整冬

远远的你
离我有多远
心尖到头顶那么远
远远的爱
离你有多远
一句想你而已

半梦半醒半许诺

走了一半路
忘了乡音
说了一半话
忘了初衷

一半磕绊一半浑噩
半梦半醒
许下了一世
花开一朝
花落一夕
半分半合半含羞

得全不能
得半不甘
半能半甘半离索
离而了然
索而于心

浮云的伤

浮云一别后

悠悠心自怅惘

远山晴更多

恋恋风尘独守清寄

浮云似水无痕

我心永恒天地间

一别生冷意

再别浮生一梦

浮云游子意

寸寸思乡浓

他日魂归故里

把酒言欢且畅怀

错 失

暮色苍茫昏郁
机翼发出灿白的冷光
七小姐倚着行李箱听《董小姐》
“不顾那些所以跟我走吧
董小姐
躁起来吧
董小姐”

辞职信静静地躺在抽屉里
插满管子的老人家
七小姐看着心疼
后来
还是走了
七小姐哭一场笑一阵

雪域高原
封藏了一颗年轻的火热的心

七小姐和董小姐一样

错失所有

多年后，想起 2002 希望我会怀念

2002

你漫不经心地走进我的心里

却又不动声色地毁掉我的世界

多年后

想起 2002 希望我会怀念

十六年过去

杨过等小龙女十六年

十六年就像一个轮回

2018

我会怀念　也会学着放下

伙 伴

琴声断断续续

脚步声嘈杂凌乱

思路被打得七零八落

无处发泄

琴声骤起

激越昂扬噼里啪啦

思路再次崩塌

无处宣泄

思路和琴声

飙了车

一前一后爱恨相杀

思路往前走

琴声向四周扩张

思路走到哪

琴声步步紧逼

思路不再走开始飘
游来荡去的时刻
琴声悠扬着飞舞着漫步云端

思路牵着琴声
琴声伴着思路
相随远行

殇

啤酒　撸串

大排档的老板很漂亮

多喝了几杯

似醉非醉

拿起酒瓶冲老板无邪地笑

老板敲敲我的牙

签签子戳了个缝

周围人都笑了

我哭了

影子朋友

音乐响起
静谧的夜如水流淌
房间暖暖的
躺在床上
望着头顶的灯
发呆

灯侧的阴影
让我豁然
每个人都有一个不离不弃的朋友
——你的影子

2018 年的冬

2018 年的冬
我追了雪一程又一程
雪没来
今年暖冬去不了了

我不信
2018 年的冬
离开了那么多人
积攒的悲伤
足以冰凉一冬

2018 年的冬
我追着风
风吹走了沧桑
也没能吹走我的想念

2018 年的冬

我变得越来越沉默

所有想对你说的话都被我放在心里

等你慢慢明白

2018 年的冬

死亡不时降临

我并不畏惧死

怕再不能听你的数落

最后一面

风停的时候
杨树叶离开树的纠缠
投向大地的怀抱
大地默默允许

山林浸染红叶
鸟鸣沙山
见你的最后一面
我如大地般沉默不语

我不发一言
许下的承诺
我守了一辈子

也许是醉话

今夜的酒没带给我睡眠
反而让我夜不能寐
夜是清凉的
关了灯大睁着眼睛
大脑一片空白

马路上偶尔有车驶过
听着声响猜是什么车
有那么一瞬间
想冲到楼下打响油门
一脚就轰到你的城市
出现在你面前
我现在真的有些怕
怕我一觉不醒

我还没有老去
我还有许多的事没做

我还在想念

我还在祈祷

只要还在这有你的人世活着

就很美好

等睡眠的人

别人睡了一觉醒来
我还在辗转反侧找睡眠
到底我把你丢到哪里了呢

大脑的高速旋转让我感觉不舒服
翻来翻去的腰疼也犯了
闭上眼睛就开始过电影
想来想去搞不清怎么把你弄丢了

楼上的小朋友哇哇哇哭喊起来
一阵急促的脚步声后哭声渐弱
有奶吃的娃娃睡得香

写着写着好像有些困了
你终于找到我
回来了
我要睡觉了

海阔天空

得到一颗糖
回报整颗心的甜蜜
有了一次拥抱
转过身期待天长地久

树皮撕裂肉身裸露
你将自己全身心投入
成透明人
换不来真心懂得

仅剩一具躯壳
走入巨大的虚空
风雨飘摇的夜
四处游走的魂

是谁召唤你
是谁为你唱起海阔天空

是谁带着你

找回失去的世界

晚安，北京

天黑下来的北京也是亮堂堂的
霓虹的光芒带着诱惑
很少有人停下脚步看街景
只有我这个好像山里来的孩子
眼巴巴地看这座城市
看累了
我就回宾馆睡觉
然后一觉醒来
得了一个怪病
失忆

想念带着雪片

朋友圈的南方下雪了

没北方的雪厚实

我想也许到南方去

我能数得清雪片有多少

那样我就知道自己到底对你有多少思念

我念你如初

不减分毫

不远万里

祝 福

2018 年的最后一个工作日
放下手边的一切
我只点赞

为所有的付出和收获
为所有的善良和温暖
为所有的深情和厚意

为还能与你们共存于此生此世此时
为还能感受这有情世间这人间烟火

祝福
祝福
祝福

我唯一的心愿

痕

飞机遗世

留下一串白色脚印

蓝蓝的天空

从此有了某某飘过的痕迹

痕

不那么明显

却那么深刻

转身

想要的太多

冬想雪夏想雨秋想春在想什么

走了很远忘了来路

转身时负重似水

缠绕纠结抽刀断水

不如顺流归去

随波逐流好过睚眦必报

帅帅地转身

是名字也是姿态

于无声处

星空浩浩荡荡亮成一片
林中鸟雀依偎
于无声处

车站码头机场乌乌泱泱
你挨着我我拥着你
少了温度

星夜的鸟雀你侬我侬
挑着夜饭的你
举目无亲

霓虹遮掩了星空
行走其间
空荡荡的心在寒夜飘摇

于无声处

怀念

并未阔别很久的思念

言不由衷

所有的要求
我都应下

所有的想法
我不再提

所有的付出
化作沉默

所有的心事
化作相思

所有的所有
其实都是
言不由衷

生命，时间，爱

生命如长河
历千年经万载
终会干枯

时间似大海
奔腾过热烈过
终归逝去

爱像空气
拥有过失去过
终于一人

人生不长时间飞逝爱如空气
唯珍惜而已

一笑倾城忘红尘

浩浩荡荡的人流
会聚成海
穿越人海
期待着与你重逢

万里江山冰封雪塑
大地一片素净
跨越雪国
去拥抱你

红尘骄阳如过客
年年月月相似又相悖
放下一切奔向你
一笑倾城忘红尘

新年祝福

气温回升　见到了久违的阳光
没有雪的新年　地上有落红
新人踩着红纸　面若桃花

你是上天的恩赐
我从未想过去占有
这世上本就什么都不属于我

窗前的喜鹊窝　突然热闹非凡
它们回来了
我可以托它们带给你新年祝福

来年在你家门口看见它们
请给它们一把米
它们才有力气回来见我

我的祝福其实很简单

只要你记得我的名字

——如意

表 白

新年第一天的表白

带着新鲜的空气和一颗永恒的心

追随着你的视线

我的脚步从未停止过

语言的苍白

无法将情义圆满表达

长路漫漫且歌且行

边走边爱

表白

止于此

感 谢

感谢零点的新年祝福
感谢温暖陪伴分享
感谢那么多的关爱
感谢我们的相遇

感谢的话很轻
一直未曾离开的心很重
或轻或重之间
隔着遥远的戈壁滩

举起酒杯　向着远方
祝福你　美丽善良的人儿
祝福你顺心顺意　平安吉祥
祝福你幸福永远　永远　永远

礼 物

月亮在迎接 2019 的礼花中泛着异彩
嫦娥姐姐的广寒宫暖暖的换了装
大地飞歌赞美这太平盛世

推着购物车穿梭在滚滚人流
新年礼物挤挤挨挨摩肩接踵
灰尘扑扑的工作服来不及换下
饥肠辘辘又满怀欢喜挑拣礼物

裤兜的手机哇啦哇啦响个不停
挂了电话你冲出了人群
选好的礼物像被遗弃的婴儿
可怜巴巴地躺在购物车里

拖着疲惫的身躯两手空空地回到家中
揉着眼睛等了你一夜的人轻轻说
平安回家就是最好的礼物
只一瞬间你红了眼眶

2018 的最后一天

不打扰　不提及
唯安静想念与回忆

所有温暖交集
舍不得挥去　舍不得忘记

可还记得我们初识的模样
可还记得我们一夜聊到天亮
可还记得我们的心事彼此分享

相伴那么短
遗忘那么长

2018 的最后一天
我依旧失眠

另一个自己

猝不及防与你撞个满怀
似曾相识
熟悉的味道
熟悉的感觉

你冲我傻笑
我呆呆地站在原地
以为你是个傻瓜

我不理睬你
正眼都没有一个
你依然笑得没心没肺

我厌恶你的卑微讨好
恨不能给你一耳光
你并不在意我的情绪
灿烂依然

你不停地笑激怒了我

我一拳捣过去

打了个趔趄

脸火辣辣的疼

原来你是

另一个自己

体 面

苍老的身体皮肤褶皱耷拉
耳朵没了灵光
说话的声音大得嘈杂
眼睛混浊眼角总是黏黏糊糊

走了一路歇了四五回
包裹得密不透风
还是感觉风进了骨头缝
偶遇一个老朋友
摘了口罩说了会儿话
不自觉的鼻涕吹了个泡

小区门口碰见拾瓶子的老刘头
红着大鼻头掉着两串鼻涕
手里拎着两个黑袋子
见了他一个劲点头示好

当年的体面

汇入时间的汪洋支离破碎

仅剩的一点

不过想体面地离开

美好永不消逝

喜欢在蓝天下发呆
晒着暖暖
心里有你在流淌
慢慢品咂爱的味道

风声轻过呼吸声
细言细语捎来爱的誓言
许多来不及享用的柔情蜜意
大地敞开怀抱统统收藏

山野林中小屋炊烟袅袅
阿婆煮着香喷喷的竹筒饭
出去打柴的阿公一路唱着山歌
阿哥的眼泪只为阿妹流淌哎……

阿妹的大辫子
阿妹的红脸蛋

阿妹的黑眼睛

长在阿哥的心里哎……

阿婆摸着秃秃的后脑勺

褶皱耷拉的脸庞

一双老眼笑开了花

阿妹变阿婆阿哥变阿公

那永不消逝的美好藏在每一个角落

无法言说

转身
忍不住回头
那句想你说不出口
无法言说的爱最揪心

仰望
液体倒流
喉头酸涩紧绷
垂下身子一笑而过

僵硬
面部表情冷漠抗拒
不是无情人
只是无法释怀

等待
丰盈了一生

美好时光里的温暖陪伴

余生安然自若

蔓 延

深冬，树褪去戎装

露出张牙舞爪的树杈子

月光打在树上

透过枝丫间的疏远

蔓延一地

小孩穿着面包服

背着大书包

像个球一样滚过来

照例在树身上踢两脚

吸溜着鼻涕滚回前方的家

家里依旧黑乎乎

月亮挂在窗前

洒了点微弱的白光在床上

餐桌上躺着一盒方便面和一根火腿

“爸爸妈妈今天加班，好好写作业”

小孩用火腿盖住了“今天”两个字

泡好的康师傅

在揭盖的那一刻

热气开始蔓延

镜中人

白发从鬓角开始

慢慢爬升覆盖了全部

越来越喜欢宅

喜欢去市场挑拣新鲜蔬菜

越来越爱这烟火味道

镜中人

由熟悉到陌生

难过吗

伤心吗

镜中人

除了委屈

其他没什么

无言的清欢

见你的那天

天气真好

你笑起来的样子

像谁呢

我说不好

后来的日子

渐渐地

湿漉漉的

恼人的

梅雨季来了

想你的时候

心里也是湿漉漉的

是不是难过

我说不好

没有了你
日子会怎样
心情会如何
我说不好

我只知道
你一笑
我的世界
晴空万里

脚 印

活着并不是单纯的呼吸，心脏的跳动，也不是脑电波，而是在这个世界上留下痕迹。要能看到自己一路走来的脚印，并确信那些都是自己留下的印记。

海边漫步　天蓝蓝海蓝蓝
白云伸手可得
脚印落下　一串串
一个浪头打来　无迹可寻

田间路　黄土漫成
牛车经过道道车辙　套着脚窝
风吹雨淋日晒
双脚踩成一条新路

大山深处　书声琅琅
两山隔江相望

一条索道横跨江面

这山望着那山高

脚印落在每一寸白雪覆盖的山体

国旗飘扬在人迹罕至的国土上空

人在旗在　人亡旗不倒

普普通通的双脚支撑起国之威严

活着　有尊严地活着

不知来处　但知归途

小情歌里的小忧伤

路口　凑起了小舞台
几个音箱　一个话筒　几个抱着乐器　穿白衬衣的年轻人

晚风来时　年轻人的白衬衣随风飘荡　琴声也增添了飘逸
这首小情歌唱给你　我心爱的姑娘
你可知道我爱你时心里有些小忧伤

这首小情歌能否挽留想离开的人
年轻人没有歌唱
因为这是我心里的小忧伤

野百合也有春天

逆光　拍摄
光烧灼了底片　白花花的雪花闪闪

喜欢百合花　各种颜色
喜欢它不争不抢就带走了所有人的祝福

空旷的田野　春天的大花篮
幼时的打碗碗花　少年的马兰花
最动人的是隐身守候的野百合花

时光长着一双任性的大长腿
迈了几步就到了人生的分水岭

花房的橱窗　新鲜的百合花被娇嫩的玫瑰
簇拥
百合的香气有恃无恐地四溢开来　等待新的
美好愿景

一个人在时间的野马镇狂欢
骑在马上　未曾策鞭　马已奔腾而起

回望身后　卷起的风尘遮天蔽日
松开缰绳　让自由飞一会儿

冬雪不请自来　带着棉花糖的甜腻
来年回暖　糖化作春泥的时刻
野百合便等来了它的春天
再次肆无忌惮地播撒爱的宣言

简单爱

时光机不曾停止飞行
你意外降落在我的心里
从此　我的心是你的停机坪

我一直在等待
一直在想你
不是心血来潮

我的念念不忘
不图会有回响
在想念的时间里
我就已经很幸福

享有比占有
更让人充实
简单爱
并快乐着

见字如面

山遥水阔　风寒浪急
两个人像断了线的风筝
飘摇在群峰　浪屿
线早在中间夭折
空留一个线头紧紧抓在手心

你漫不经心地走进了我的心里
我掏出来整颗心给你
给你的时候我就没想着要回来
我知道
就算回来了　它也不再是最初的模样
也不可能全须全影的回来

有些事我不说　你一辈子也不会知道
你是怎样不动声色就改变了我整个人生
在没有你的日子里
我拼尽全力地好好活也没活成你喜欢的样子

其实　我也许根本不知道什么才是你喜欢的样子

那我就活成我自己就好了
我写下的字
就是我想你时的样子和心情

我的想念带着风
风刮过的地方全部被我的想念霸屏
我对你的感情就是这么霸道不可理喻

见字如面
连我自己都不认识改头换面的我
从字字温柔到句句戳心
我经历了多少个想你无眠的夜
才换来今天这张冷若冰霜的面容
见字如面

请原谅我不再微笑

我一直微笑待你
对自己都没这么好

我一直纵容你在我的世界
为所欲为

我一直侧耳倾听你的霸道
我用毕生的修养按捺住我的怒火

我允许你在我的心里走来走去横冲直撞
因为我在乎我珍惜

唾面羞辱，我等自干
可以不喜欢，可以伤害
不可以不尊重

尊严有时候比命重要
请原谅我不再微笑

悲伤连着悲伤，然后自省

话

一句赶着一句

如利刃扎心

刀刀见血

信

看了一遍又一遍

如炮轰雷击

伤得体无完肤　化成灰

每个字眼

羞辱伴着伤害

毫无尊严

悲伤连着悲伤　然后自省

卑微如蝼蚁般的灵魂

也要自尊自爱

女子应如花，我非也

女子应如花

娴静　温婉　优雅

迷人不一定　但愿迷心

女子应如花　我非也

叼着烟　眉头紧蹙

双手娴熟打下串串温柔乡

女子应如花　我非也

牛仔裤　休闲衫　运动鞋

开大会　寻遍衣柜找不到一件正装

女子应如花

如什么花

一朵为自己而千娇百媚的花

终南山，我的乌托邦

终南山下
一座小茅屋
屋檐下挂几串红辣椒和几嘟噜玉米
茅屋的火炕暖融融

阳光灿烂的午后
出门招鸡斗狗
锻炼身体
鸡飞狗跳的时光惬意流淌

大雪漫了终南山的日子
山下的友人来赏雪
炒一盘辣椒一盘鸡蛋
温一壶夏天酿的梅子酒

从白日坐到夜晚
炉火映着不再年轻的面容

我们一言不发地看着对方
也觉得很美好

夏日炎炎的日子
小茅屋的门大大地敞开着
屋内迎接四方来客
小炕盛不下就躺在院中来

夏夜的月光洒在身上
枕着一地的瓜皮
温凉舒爽的终南山
是我永远的乌托邦

空 白

琴声喑哑撕裂心房

雨夜不止于孤寂

闪电划破黑沉沉的天际

黎明前的黑暗

就要离去

一段时光的空白

记忆化为碎片

故意忘却的失忆

埋葬最初的最真

空白的不止本心记忆

是整个人生

对于美好和坚守的执着

蜗 牛

蜗牛蹲在墙角
沉默不语

蜗牛的心中藏着一片海
你听不到海哭的声音

世间绝色蜗牛看尽
唯有你留在心中成绝色

蜗牛一言不发
用沉默别过

蜗牛躲进壳中
一生无悔

烟 花

用一生去绽放

最美的情话

粉身碎骨无人守候

乌篷船

乌苏河上一艘乌篷船
一个小人儿落船尖
着红衣　戴斗笠
小小钓竿摇啊摇

摇啊摇　摇啊摇
江南烟雨几度春秋
春风十里扬州路
沉醉不知归路

归去来兮　归去来兮
小人儿今日做新妇
着红衣　踩红鞋
手里抓着花手绢

乌篷船　乌篷船
乌苏河上摇啊摇

新嫁娘轻声唤

慢些吧　慢些吧

乌苏河上

乌篷船

小人儿永远的家

束 缚

鱼儿活在水中
鸟儿飞翔天空
树木扎根大地
人类呼吸天地

你向往的
正是他人所束缚的

束缚与自由
也是相对论

“我能做的就是做自己
你管我是谁”

少许

放多少盐

少许

倒多少醋

少许

撒多少白糖

少许

想我吗

想

有多想

一点点

爱我吗

爱

有多爱

一点点

少许　一点点

到底有多少呢

多还是少呢

我沉浸在汉字的迷宫

不能自拔

就像我陷入你撒下的网

无法抽身

夜无眠

就像一个失语者

把一切倾诉给黑夜

暗夜应沉睡

偏偏丢了睡眠

夜无眠的孩子

想妈妈

顺 便

天不错

阳光正好

躺在床上想事

顺便晒一晒发霉的心

勒 索

爱你
我堕落成一名罪犯
无理地勒索
你的感情

最后，背着强盗的罪名
被判监禁
刑期
一辈子

突然不想说话

无来由的

突然不想说话

真的不想说吗

只是无人可说

形式主义

钥匙　钱包　手机
男人出门前的准备
化妆　选衣服　配鞋子
女人也要出门

男人用钥匙反锁防盗门
女人拎起门边的垃圾袋
点火　热车
男人点了一支烟
女人皱了皱眉头

到站　下车
男人探身过去
女人吻了下面颊
男人风驰电掣离去
女人头也不回往前

梦见故人

檐下的燕子窝

荒废了许多年

老屋像坐在堂前的老人一样

风烛残年

火炕烧得浑身冒汗

炕皮硬得人硌得慌

炕土还是小时候的味道

人却娇贵得不适应

翻来覆去打烙饼

天明才迷糊了

梦里见到了年轻时的友人

穿得不那么光鲜

两条腿不停跑不停追

马上就要够到她了

一伸手就扑空
留下一个背影和一跛一跛的身体

他问旁边人怎么腿还跛了
人说做手术做坏了
没钱去大医院
听了眼泪就下来了

屋外的炮仗噼里啪啦响
惊醒了梦中人
摸一摸眼角湿湿的
梦中的你活得不好都是我一生的疼

母 亲

外婆　姥姥　婆婆　奶奶……
名目繁多的称谓代表一个人
母亲的母亲

她是世界上最疼爱我们的人
她不止疼我们还疼母亲
她是母亲的母亲

她胃口总不好
肉不能吃好吃的零食不能吃
她的胃好像只喜欢剩菜剩饭

她不太识字
可她教会我们做人
她基本没正经工作
可她忙得团团转

家人聚会她一直在厨房
我们都眼巴巴地等着吃她的拿手菜
后来她做不动了
母亲却永远做不出她的味道

母亲的母亲
现在变成了一张照片
她挂在我家的墙上
长在我们的心里

现在母亲也有了自己的味道
我们同样眼巴巴地等着吃她的拿手菜
可是母亲总是念叨
自己的母亲的拿手菜

我们大快朵颐的时候
抬头看见墙上的照片冲我们笑
突然就没了胃口
开始担心母亲有一天也这么笑

白鸽

鸽群中仅有一只白鸽
每日清晨白鸽率领鸽群巡视这座城市
鸽哨响起的天空清澈明朗
拎着鸟笼子到处逛游的人不再年轻

夕阳唱起一天的挽歌时
白鸽和鸽群零落在院子的房上檐下
鸟笼挂在树干随风歌唱
堂前的书桌上一封信墨迹未干

某一日的黎明之前
白鸽独自离开
它飞了多久飞了多远无人知晓
在一个落日余晖恣肆汪洋大海时
白鸽在一叶桅杆上停留

鸽哨随海风吹响

甲板上的船员行礼以待

那封漂洋过海而来的家书

大寒日

2019 静静而行

大寒过后　春天在赶来的路上

彷徨的心不再年轻

人生由无数的等待拼接

窗外的喜鹊窝空了很久

喷了绿漆的草坪伪装成春天

绿漆调不出青草的清香

化学课上的调味剂唤不回鸟儿和春天

自然而然的等待

犹如自然而然的情感

犹如天道人常的轮回

大寒日里怀着一颗平常心期待

期待比等待

多了一些温柔的梦想

人间值得　来日可期

大寒过后春天已经在归途

春草年年绿

人世浮沉聚散不由心

真心如春草

春风吹来自欢喜

后 记

一口气看完一本书
书名不能说
如同聊天记录里的暗语
以及视频里的眼神交流

最触碰灵魂的是后记
以前校对一本书
整本书结束了
感动得流泪的还是后记

后记无意抢了丰满内容的风头
内容为后记做了十几万字铺垫
最终凝练了几千字的后记

真相就是真相
与你需要不需要无关
就像一颗真心
谁会理会珍惜不珍惜

西夏陵

几个大土堆
军事重地般严密守护
神秘的西夏陵
泰然自若享受贴身保护

绕着土堆转了又转
和村里的土堆子没什么区别
就是有点傻大个

哪的黄土不埋人
躺在这几个土堆子里
天天被人踩来踏去
从早到晚闹哄哄

有个小姑娘
声音又尖又亮
使劲摇着旗子喊

后面的跟上啊

一个小皮猴
看见大土堆就扒拉
小姑娘一把扯走小皮猴
小皮猴哇哇大哭

小姑娘瞪着眼说他
再哭，李元昊来抓你
小姐姐
李元昊是哪的警察

贺兰山

家在贺兰山脚下
足迹未曾多做停留
喜欢从远远的高楼平台眺望它
夕阳西下山色如少妇般迷人

山上有岩画
留给后人解密古人
小朋友拿起石头
模仿着岩画的样子刻下一横
那岩画又是谁来游玩留下的痕

山间有活物在跳来跳去
走近了看　是羊
贺兰山岩羊　二级保护动物

贺兰山夏天郁郁葱葱
冬天四处光秃秃净是石头

翻过两座山头

查遍每一颗石头

找到一个鸭蛋脸一般的大石块

背回家母亲洗净了用它压酸菜

菜放了一冬从来没起白花

贺兰山有小口子

过了小口子有苏峪口

到了春天万物复苏

大学生的爱情也蠢蠢欲动

每个周末都有驮着女生的男生

满头大汗幸福登顶

坐在山顶大吃二喝谈情说爱

太阳落山留下一山的垃圾

随风飘散到山中

晚风吹起山峦沉寂

贺兰山下万家灯火

夜幕下的贺兰山

雄浑伟岸婀娜多彩

亦父亦母的贺兰山

敞开他博大的胸怀

滋养了七百多万宁夏儿女

月亮门

镇北堡有个月亮门
听说
紫霞仙子和至尊宝
在这里分手

你抬头望月
我低头看你

你说想看看月亮门
我说只要你想就去

你问我为什么对你这么好
我说因为你拯救了银河系

我说想你
你说也想你

你说不想看月亮门

我说不想看就不看

渡 口

风雨追赶岁月
苍老了谁的容颜
渐行渐远的家园
大红灯笼在风中摇曳

红尘炼心
自渡还是他渡
大雾弥漫的渡口
遗落在梦境

寻寻觅觅
徘徊庭树下
梦里梦外
彷徨夜归人

日出日落
无休无止地耕作

月明月稀

点点星光照亮书脊

太阳的光芒

撕开雾霾下的面纱

归乡的渡口

静默在心的呼唤

草 根

顽强　生生不息
身边都是我的兄弟姊妹
每一天的朝阳让人心生欢喜

喜欢土壤的味道
一点点腥　一点点暖　一点点润
躺在大地的温情里满心眷恋

眼前身边都是我爱的和爱我的
他们低伏着沉默着奋斗着
他们是社会的劳动者建设者
他们是家庭和社会的脊梁

我们都是大地的孩子
我们都是蓝天的主宰
我们都不过是一个小小的草根

我们的力量拧成一股爆破
腾空的蘑菇云就是我们的威力
我们的根须是无数条毛细血管
支撑起整个世界的宏伟蓝图

我的母亲是草根
我的父亲是草根
我读的书让我有些高高在上

可我是草根的孩子
我的骨血里深埋着草根的基因
我永远是一个充满希望的草根
无论站得多高走得多远　我只要低头就能
看见我的来处

茶是生命的来处

茶
最喜花茶
来到人间的第一口水
就是爷爷的花茶

院子　不大不小
整个童年的快乐溢满小院
春风放风筝夏日扑蝴蝶
秋来摘香瓜冬雪扣麻雀

堂屋的方桌　炉台
永远有一杯温度刚刚好的茶
滋润整个生命

陪伴学步的我
长大的小母鸡　大黄狗　小花猫
给我上了第一堂生物课

茶

不知不觉饮了半辈子

岁月带走了最疼爱我的人

却留下这杯热茶温润绵长

小院

消逝在大力发展经济的礼炮声里

四处张牙舞爪的高楼

迎接我这个回家的客人

小院　小城

陌生的没有抓手

唯有茶

告诉我生命的来处

无言之殇

你是我的微信置顶
也是我汹涌的沉默

你是我一眼的黯然
是我无法穷尽的挂念

无声的沉默里
酝酿着毁灭的能量
寂静且炽热

我无法回去从前
也无法抵达明天

时间是生了锈的车轮
回忆是痛苦的润滑油

空白的对话框

渗满了无数个想你的瞬间

还有那些辗转反侧的深夜

你静静地躺在微信里

心里有千言万语

都化成沉默

这种疼　你懂吗

春

你

以爱之名

住在我心里

从此

我的心

四季如春

等

等一场雪

完美整个冬天

等一个人

完整全部人生

等一个宝宝

延续一切有生

等

一场春风

遗忘冬雪

等

天使之翼

再次抵达

等

不是唯一

却是所有

闯入者

毫无防备
你这个
闯入者

任凭你
随心所欲
似一台收割机
扫荡了我的心

你来之前
我这里繁花似锦
你走后
寸草不生

闯入者
潇洒转身
留下一副残局

我不会下棋

无法重整棋盘

就如同

我不能怪你

只能怪自己太爱你

寂静人生

这样的寂静

这样的平常

这样的止水

这样的一个我

戴上盔甲

我以为自己会超越时空

携带冷漠

我以为我可以不再动心

透过春天的窗棂

我看见桃花如常挂枝头

透过那张桃花般的笑颜

我看见一张渐渐卸下面具的脸

走在寒夜冷风中

发热的头脑渐渐冷却

心中升起对未来的后退之怯

希望本就孕育失望
多一分希望
也许意味着多十分失望

不如就此别过
送上我的祝福与爱
一生如意

味 道

希望与失望
全部拥有
才是彪悍的人生

逆流而上的你
拥抱最好的自己

就算只是一个梦
也请带着玫瑰的味道
甜蜜生活

码 头

走走停停

停停走走

在我的黄土高坡

找不到一处码头

去远方

去南方

去大江大海

去有码头的地方

我问路人

码头在哪里

他们问我

找码头做什么

我竟想不起找码头做什么

也许到了码头我就能记起来

码头到了

可是

我想回我的黄土高坡

花如海

青草漫坡　花如海
假如时光可以回头
多少遗憾也可以不再缠绕

路再做多少选择
也只有心里的这一条
咫尺天涯　或从此相忘于江湖
被改变与颠覆的
再无回去的可能

太阳升起后
夜终将逝去
它或许带不走过往的遗憾
至少又带走了一日的悲伤

蓝天白云　流水人家
从此后　不等风雨不问归期

倘若夜带走了我的身体

就让我的灵魂自由自在

生命只有一次

人生只有一回

而爱呢

那么笃定那么肯定那么确定的

唯一的爱

终将陪伴我的灵魂四处看风景

珍珠项链

那些缠绕在心头的过往
如珍珠般珍贵
晶莹剔透的你的心
灿烂阳光般的你的笑容
一一雕嵌在我心的最深处
都说人生如梦似幻
我却依梦而行
梦里有你有我们有所有缠绕在心头的美好
在太阳升起的地方
我启航远行
无论你在哪或是我去哪
前进的脚步是我最美的情话
我不奢望你是最好的
可我会准备好最好的自己
为你守候
你是幸福的是快乐的
就是我全部的行装

走吧走吧

去远方

去串起我的珍珠项链

一个人的每一天

朝霞漫天落日映湖
每一天都一样　每一天都不一样
一个人的每一天都不同

百般挑剔嘘寒问暖
是关心和爱的样子
一个人的心渐渐就明澈了

怒而不争怨而不言
一个人越欢喜　他就越沉默
默默地花就都开了

一个人的每一天
除了读书　写字　侍花　逗鱼
慢慢就清晰了少时的梦想

生活如果背离了常理

就要面向更多的善意

一个人的每一天就都是新鲜的

省略号

逗号　句号　叹号　问号
那么多标点符号
只爱省略号
那六个圆溜溜的点
囊括了你的一生
荣与辱
以及那些不为人知的
爱而不得

情 话

你永远不知道
心的容量

它包罗万象
你的快乐悲伤焦虑忧愁
你的心心念念依依不舍
你的所有你的一切
它全部承受

你永远不知道
心的忍耐

只有它
知道你想要什么
也只有它
愿意把那些不在身边
却日思夜想的

收容起来

让你可以深情地说出：

你不在我身边

却放在我心里

比悲伤更悲伤的故事

比悲伤更悲伤的故事
等待它热映
等待和期望值吻合
等待和《悲伤恋歌》比较
谁更悲伤

比悲伤更悲伤的故事
难道不是等待
还是只止于等待

朴树唱着
我曾经跨过山和人海
才明白平凡是唯一的路
而朴树自己
也终于可以坦然地和这个世界格格不入

只要平凡

还是碌碌无为

只想平淡

还是平庸寡欲

等待

是逆来还是顺受

倘若

选择放弃

结局怎样

比悲伤更悲伤

比快乐更快乐

比什么呢

可比性是什么呢

倒不如

一直向前走

等到

陌上花开缓缓归

回答

左手轻易就抓住了右手
什么时候
我也可以这么轻易就抓住你的手

就如同只有在镜中
才能看见自己的背影
我总是无法给你一个拥抱

窗外的春天落在枝头
印在脑海的那片粉红
俏丽嫣然如你的面庞

湖水推开鱼儿的拥抱
却又将它揽入怀中
我羡慕鱼和水交融

爬上一座山

没有巅峰的山

我想你的喊声被更高的山弹回

回来的路上

丢了一个字

只留下想你

我像个孩子一样

如获至宝

这句想你我当作你的回答

捎 话

我们走在田野上
风把我们的悄悄话
传遍整个田野

蒲公英带着小喇叭
收集了整个夏天来这里的人的话
风一吹，这些话就传向远方

远方，有个人翻来覆去地等风来
风一来，就吹绿了整个田野
田野上，随手抓一把蒲公英
就能听见那些久违的话

捎话的人，一不小心
把悄悄话变成了蒲公英
随风飘荡，随遇而安

网开一面

多想这生活能网开一面
可这生活本身就是一张巨大的网

多想让记忆停留片刻
可时间它一秒不歇破网而出

我以为自己一直困在网中
我费尽光阴等待着破茧成蝶

直到那一天　在辽阔的草原
我抬头仰望星空
发现透过网眼洒下来的星光
铺满我的身体

等到黑夜过去　白昼来临
裹挟我的变成温热的日光

我才知道　生活一直在网开一面

我们却只知道埋头赶路

忘了抬起头看一看身边的风景

像鱼一样快活，像水一样存在

喜欢海

喜欢它的辽阔

喜欢它的不喜不悲

喜欢海

喜欢它是大家的海

喜欢它包容所有又非谁所有

喜欢海

像鱼儿一样喜欢

却没有鱼儿的快活

喜欢海

喜欢它的汪洋恣意

徜徉其中　如鱼得水

喜欢海

喜欢它的蓝

喜欢它没有白云　白帆远航的蓝

喜欢海

到海边去　到海里去

像鱼一样快活　像水一样存在

看 见

战争突然就爆发
谁打响的第一枪　没人计较
他和她　在喋喋不休拉扯着昨天　去年　也可能
上辈子的事

我　做不了旁观者
更装不出难过

因为　我看见他们的心
看不见他们的日常

而你　只看见他们的日常
看不见他们的心
还有　听见他们说
为了我……

如果可以选择

我宁愿你们为了自己

看见　未必好

看不见　未必不好

见或不见

都是缘

秋来花谢，草轻轻

冬月走远的背影
倒映在渐渐融化的雪原
父亲离家前垛成小山的柴草
化作母亲的炊烟　牛羊的欢叫

等了一冬的土地　春风再美
吹不来犁铧在身体里翻飞
握犁的手在气派的楼宇门前
笨拙地敬礼　鞠躬　欢迎光临

父亲在城里　穿着体面的制服
蹲在墙角压着嗓门接视频
地在流转　人也在流转
脱去制服的父亲在高楼间有点寒酸

秋去花谢　草坪青绿如旧
柔软　清香　带着洋气味道的土地

躺着黄土坡般厚实的父亲

青青草　草轻轻……

未来日记

左手

握住开心

右手

抓紧快乐

倘有一天

我松开双手

不是为了放下

那

只是想

拥抱明天

你想要的晚安有人放在心里

拉了灯　陷入一片黑暗
被角处微光闪烁
带着一丝不甘心
挽留这一生最年轻的一刻

想挽留的或许不是时光
是藏在时光深处的百草园

有人说晚安的人可以多些幸福
可　有时候
你想要的晚安有人放在心里

香 水

到今天

手握香水瓶

都没料到

告别也有味道

九 月

秋天来的时候
我才想起来看花
花却不因为我的迟钝
少了灿烂

云起的时候
我想透过云朵看看蓝天
也许　云朵背后有一双眼
也想看看我

九月的到来
我有些小欢喜
也有些小悲伤带着些许无奈

九月一过
我的年岁又长高了
可我的身高好像被重量压缩了

以前的以前

家门口的树砍了

要做新房子的梁

我数着一圈圈树的年龄

我确信它是我爷爷的爷爷的爷爷种下的

它和我一样

在一月栽下　在九月收获

失眠

在异乡失眠的人
不可耻

他在心里
想家

中山陵之夜

陌生的城市　陌生的山
山中林木森森
风一起　竹子在合唱

山体之下是伟人的家
这里的白天有很多人来做客
熙熙攘攘　忸怩作态

一入夜　他们纷纷回了自己的家
唯有大山　林木以及山中的小动物永远在陪伴

不离不弃
说出口的都是活生生的人
做到的
却是从不开口的那些人

唯有善良让爱永恒

曼陀罗花很美　真正见过的人想来不多
爱情或许比曼陀罗花更美好　因为它给众生以平等
我们都视初恋是最美的爱情之花
而且少有人去计较果实
大家都以为没有结果就是最好的结果

见过大海方知海的辽阔
攀过峻岭方能领略一览众山小的雄心壮志
心中有爱才会明白爱无处不在
流浪汉坐在街角　陪着醉酒的白领聊天
他用自己漂泊的身姿安抚了漂泊的灵魂
这一刻　谁能不说他们是两个高贵的灵魂在碰撞

我们总以为这世界唯有孤独永恒
却不愿俯身发现　唯有善良让爱永恒

我们开始害怕失去

推开门　屋外的世界一片白金
在刚刚过去的几个时辰
这座城进入了静

在静中　观雪
在雪中　安静

二十一世纪二十年代　我们相识整三十载
这三十载　都化作一句云淡风轻

雪夜　在这座写满我们各自的悲欢离合的小城
我们不再烦恼到底拥有什么

我们在这里成长　也将在这里终老
在我们的中年　开始渐渐适应渐渐变老的自己

我们不惧怕老去
可我们开始害怕失去……

雪 后

大地一片净白
雪如一袭薄纱蔽体
瑟瑟发抖的琴音
诉说冬日的离肠

羞羞答答的雪
总算赶在了年的脚步前
月光下洁白无瑕的雪
太阳出来就打回原形

洗车的队伍
从街西到街东
这场雪阻挡了回乡的脚步
挽救了捉襟见肘的洗车行

雪后
阳光带来年的呼唤

回家

为了下一次离别

梦中人

湖水蔚蓝仿佛重归海的故里
在这片湖蓝之上
一群精灵携梦远行
带着我的心心念念

我多想成为它们中的一只
自由翱翔在心与爱之间
余生环绕在爱的海洋
生生不息

我多想梦中人就是那其中的
一只美丽的白天鹅
就能日日夜夜守护着她
不离不弃

白天鹅般的梦中人
就像一幅纯白色的画

就只是看着

已经满心欢喜

梦中人

就像这振翅远走的白天鹅

似远非远似近非近

而我

只有远远地爱着

梦有一天会醒

醒来的那天

梦中人是成为现实还是沦为永恒

我不知道

这一刻的我

一无所知

也一无所有

没有梦想的人生是苍白的

梦中人将你的梦想渲染得五彩缤纷

她弄乱了你的心

她带走了你的全部

而你

一点没剩

无声无息的爱

让你和梦中人

永生

最后的光芒折射出人间正道

大楼外的停车场
有人眼巴巴地看着从大楼出来的你
他们是等车位的陌生人

那个穿制服的汉子
靠在车上悠闲地吸着烟
享受着一天最后的闲时光

等车位的陌生人
带着夕阳的暖
用最后的光芒折射出人间正道

念旧

整理衣柜准备搬家
一天的时光
我顶着一窝草顾不得梳洗
在旧衣裤中滚来滚去

书柜翻得乱七八糟
拿起一本咬咬牙扔出去
几分钟后又回到身边
一起回来的还有几只从书中爬出的虫子

床底下拉出来一个紫皮箱子
仔细辨认　是我大学的行李箱
二十年后重见天日

打开箱子　花花绿绿的衣服一件不认识
妹妹说　是父亲的老衣
阖上箱盖　脑袋一片混沌

攒了一箱子的旧时光

什么时候被遗弃了

我这个念旧的人

开始变得健忘

微 尘

阳光洒在床栏上

细密的微尘

暴露在光天化日之下

洁癖症加强迫症逼自己必须擦干净才能继续躺下

身体上不知什么时候撞得瘀青

颜色已经淡得看不清

有些伤就是这样

不知什么时候受的也不知什么时候就好了

而有些伤就像这微尘

它一直都在那里安静地待着

你不去撩拨它

就不会让你难受让你疼

如果你是一支笔

你说你是一支笔
我以为是你嘴里的那支烟
廉价　有点呛嗓子　辣眼睛

你说不是　是手里的这支
英雄笔　朴实耐用
也很廉价

如果你是一支笔
就请是鲁迅先生的那支

像匕首一样
像廉价呛人的一支笔一样
位卑而言高

归 还

海风吹过你的脸庞
我曾那么迷恋过的你的侧脸
而今随风飘扬的几丝白发
打在那细细的纹路上
连海风也有了沧桑的味道

那个穿着碎花裙走在艳阳下的体育场的你
那个笑起来酒窝若隐若现扎着马尾的你
那个喜欢海却从不敢下水的你
那个在家被宠成公主今天的脖颈竟有热油烫出
　水泡的你

我静静地望着你的侧脸
如果岁月不曾留下印痕
我会真的以为时间还停在属于我们的那个单元
我的眼被你脖颈的伤灼烧

假如时光倒流

我可能不会在那个雨纷纷的天转身离去

我们都不曾回头　我们用雨水掩盖泪水

我们在这座小城难得的雨天告别

这场雨一下就下了十年

我的心比眼前的海还要汪洋恣肆

十年了　我终于可以把你归还大海

我也终于可以重回人海

太阳升起，照亮你的美

太阳照在湖面的日子
是很多很多平常的时光
生活庸碌而普通

因为你的到来
我开始热切地喜爱这寻常生活
喜爱打亮窗棂的一缕缕光

所有在黑夜积攒的不安彷徨焦虑
在拉开窗帘的一瞬间烟消云散
窗外飘进的一切都是自由温暖

我知道　勇士们已经在黎明出发
他们就是我们的太阳
用生命照亮我们的黎明

这里的黎明雄赳赳气昂昂

勇士出征　亲人拥别

太阳升起　照亮你的美

棋 子

虽

只是一颗普通的棋子

任人摆布　痛而不言

但

坚守一颗棋子的本心

黑白分明　落子无悔

岁 月

站在人生的十字路口

身后的岁月

空空荡荡

祭 奠

现在的一切

都是对过去深深的祭奠

局 部

局部不是个好地方

那个地方天天在下雨

今天的城市

也是局部地区

伤 逝

让我悲伤的不是你的离开

而是你留下的

一米阳光

溜须拍马

溜须和拍马貌似孪生

然而——

溜须的母亲源自古代中原

拍马的母亲源自北方游牧地区

溜须和拍马

是“志同道合”后的“和亲”

誓师大会

写满高考愿望的气球

一飞冲天

五颜六色的青春

独木桥上熙熙攘攘

秘 密

第六感告诉我

真相只有一个

就是秘密

万箭穿心

结局摆在那里

只剩四个字

万箭穿心

起风了

天一热

风也热了

我想你的时候

起风了

带着爱的温度

安 放

用安放灵魂的谨慎

悄悄地安放寂寞

换来一生错过

净身出户

用目光送别

一个倔强的背影

城内城外

查无此人

情 书

聊天记录

是最美的情书

也是

最后的告别

在别处

我想过的生活

我想念的人

我想走的平凡之路

在别处

不在当下

在当下

不是我想的

却是我拥有的

锈

大雨倾盆

我才发现

一头秀发变锈发

单

去超市只买一根辣椒

它和主人一样

单

请发表你的意见

写诗的人
幸福的不多　不幸的也不多
他们
要么幸福　要么不幸
平庸
写不出诗

等我写好这几句分行
不管是不是诗人
都会喷点口水

很多人为此
出了名　也丢了一切
与名无关的东西

我们这些平庸的人
叫作脸皮

不要脸皮的

可能叫平安　或者恭喜发财

在公园

跳舞的在广场
搂搂抱抱
光明正大地眉目传情
就算不是夫妻　不是耍朋友
他们　都情意绵绵　温柔以待

公园里　新开了火锅店
也开了悦书房
两座古色古香灯火辉煌的宅院
遥遥相望　寂静相守

光膀子的男子打着酒嗝进了林带
林带的尽头公共卫生间的灯箱
只剩下一个公字
即使是专属服务也敌不过麻烦二字

进了书店　人头寥寥无几

营业员趴在柜台打视频

边说边啪啪啪地拍着蚊子

知道吗

公园里的蚊子

爱看书不爱吃火锅